허물어진 틈에도 꽃피고

# 허물어진 틈에도 꽃피고

발행일 2017년 11월 29일

지은이 권 동 기
펴낸이 손 형 국
펴낸곳 (주)북랩
편집인 선일영 편집 이종무, 권혁신, 오경진, 최예은, 오세은
디자인 이현수, 김민하, 한수희, 김윤주 제작 박기성, 황동현, 구성우
마케팅 김회란, 박진관, 김한결
출판등록 2004. 12. 1(제2012-000051호)
주소 서울시 금천구 가산디지털 1로 168, 우림라이온스밸리 B동 B113, 114호
홈페이지 www.book.co.kr
전화번호 (02)2026-5777 팩스 (02)2026-5747

ISBN 979-11-5987-871-8 03810(종이책) 979-11-5987-872-5 05810(전자책)



이 도서의 국립중앙도서관 출판예정도서목록(CIP)은 서지정보유통지원시스템 홈페이지(http://seoji.nl.go.kr)와 국가자료공동목록시스템(http://www.nl.go.kr/kolisnet)에서 이용하실 수 있습니다.
(CIP제어번호 : CIP2017031537)

# 허물어진 틈에도 꽃피고

권동기 시집

북랩book Lab

目序
# 제22시집을 내며

주농야시晝農夜詩
이는 나만의 사자성어이다.
그 속에서 나만의 삶에 대한 힘을 얻고
그 힘으로 나의 몫을 존재감으로 몰입한다.
용기의 혼처럼 솟아난다.

봄이 되면 겨울잠을 잔 듯 뻐근하다.
그 나태의 기류를 기지개로 날려버리고
논과 밭에 내보낼 작물의 씨앗을 찾아
농부의 꿈을 꾸기 시작한다.
들녘의 넋처럼 넘쳐난다.

여름이 되면 뿌린 씨들이 자라
억겁의 시간을 버텨온 산천의 초목 같은
그 웅대함이 눈앞에 펼쳐지고 있음에
자지러지는 눈빛으로 바라본다.
행복의 꿈처럼 스며든다.

가을이 되면 황금 물결이 춤추는 들녘은
농부들이 흘린 만큼의 대가가 풍악과 함께
질펀하게 울러 퍼지고 있음에 놀라며
나의 손길로 가꾸었다는 신바람이 일어난다.
지혜의 몸처럼 당당하다.

겨울이 오면 시끌벅적했던 일 년간의 소용돌이가
언제 그랬냐는 식으로 태연하고 고요하며
풍요로웠던 공간들이 을씨년스럽게 찬바람이 불어
가슴 벅차게 노닐던 농로마저도 애옥차다.
농업의 뜻처럼 찬란하다.

이렇게 달려온 세월들을 곱씹어 보면
나름대로의 희망과 행복이 넘쳐났음을 부인할 수 없는 건
구순 어머니의 건강하심과 내자의 요양보호사 봉사 정신
그리고 장남과 장녀의 대학졸업 후 회사생활 잘하고
차남의 대학생활 또한 잘하니, 이 또한 기쁘지 아니한가.

경북 영덕에서
權東基 배상

# 1부

## 좋은 마음

# 2부

## 도약의 길목에서

# 3부

## 함께하는 일들

# 4부

## 운명의 장난

# 5부

## 맛과 향기

1부

# 좋은 마음

*001*

## 좋은 마음

인심이 머무는 곳에
애정의 꿈 내려앉아

악취 나는 틈에도
인생의 꽃 만발하니

온 누리 삼킬 듯한
요철의 삶 넘나들지라도

미래 향한 길만은
행복을 마중한다.

*002*

## 향한 길목에서

한낱 인기몰이에 뭐든 품을 수 있다는
허상의 세상 바라보는 것보다

깊을수록 조용하고 얕을수록 요란하듯
애먼 본연의 가치에 에둘릴지라도

더욱 내면에 숙성된 주전부리 향기 같은
한없이 새들의 외침으로 얼룩진 숲과 함께

웅비의 빛 품고 익어가는 인연 되어
열정의 맥박으로 묵묵히 이어간다.

*003*

## 초심初心

쓸모없는 조약돌이라
가슴으로 느끼면서도

고이 닦은 인두겁을
세상에다 비추고 싶은

그런 욕심이 있다는 것은
숨 쉴 의미를 준 내게

인고의 발판을 비춰줄
등불을 깨는 것과 같다.

*004*

## 경지로 가는 길

높다고 해서
태산에 머리 대고
비할 수 없는 망상을 부른다면

넓다고 해서
바다에 마음 재고
닿을 수 없는 허상에 찌든다면

견줄 수 없는 가장자리에
소리 없이 전진할
자아의 의미를 느낄 수 있을지언정

괴리의 늪으로부터 벗어나
미래를 향한 발자취라 한들
미래의 꿈은 강 건너 불똥인 것을.

*005*

## 세상 이야기

고요의 산 속
풍경소리 들릴 때쯤

나직한 심장 소리
연민의 정 향한

깊고 깊은
꿈의 대화

새벽이슬만큼
입김을 달군다.

*006*

## 흐르는 정

지고
뜨는
달무리

울고
웃는
넋두리

주고
받는
인정미

헐고
꿰는
인생사.

*007*

## 변해가는 세상에서

급히 굴레에서 벗어나
느긋한 문화로 넘어오면
따사한 믿음조차 무르익고

겁 없이 질주하던
아찔한 순간이 지나가면
편안히 풍광을 즐길 수 있어

무한의 세상의 향기 적시며
침체된 자신의 미풍 담아
허물어지지 않을 길목에서

변해가는 거울 속의 진실과 함께
빼어나듯 솟구치는 거짓이 아니라
소중한 현실을 받아들이는 일이다.

*008*

## 가다듬을 수 없는 이유

들숨 날숨 따라
잰걸음 뒷걸음 어우러져
전진과 후퇴의 기로에서
울고 웃는 삶이라면

땅이 넓어짐 따라
한층 부지런하다는 의미보다
물이 깊어짐 따라
사연 없는 몸짓이 어디 있으랴만

헤아리지 못할 뭔가에 엉켜져
냉랭한 시행착오에 요동칠지라도
진면목의 향기에 젖은 빛의 속도 마냥
영원한 공생으로 알차게 흘러간다.

*009*

## 옥죄지 않을 세상

아파도
웃음꽃 피우고
울어도
행복의 꽃 볼 수 있다면

세상이 들려주는
행복의 연가도
천지에 널브러진
암적인 숲에 묻히거나

울다 잠든
아기의 옹알이처럼
가슴으로 듣다
멍들어도

세상
또한
너스레에 뜬
요람일 게다.

*010*

## 신뢰의 숨결

장고 끝
숨어서 핀 꽃이
시들어 버릴지라도

앙갚음 후
위기의 승리가
짓눌려 버릴지라도

기록되지 못할
허드렛일에 숨 막힌다 한들
쌓은 정 버릴 순 없다.

*011*

# 진실놀이

그다지 아름답진 않지만
열심히 가꾸어 왔기에
남이 싫어하지 않을 만큼
빛내고자 하는 마음이
순수한 맥박이라면

모처럼 보름달 차듯
곳간에 여러 가지 농작물이
가득 채울 수 없을지언정
구름이 여유롭게 산허리 감싸듯
진정한 몸부림이라면

한 조각 공예품처럼
한 줄기 무지개처럼
그렇게 흘러가며 남겨질
적절한 삶의 땀들이 어우러져
영겁의 나잇살이 익어간다.

*012*

## 굳은 땅에도 꽃이 피기를

접시 깨고 손 베듯
설상가상에도 쓰라린 고통을 마다않고

정성 들여 쌓은 모래성이
영원히 무너지지 않기를 바라지만

마당 쓸고 돈 줍듯
금상첨화에도 기어이 애증을 품어 안고

욕심으로 빚어낸 자신만의 삶이라면
쉽사리 합창의 노래는 엇박자일 수밖에 없다.

*013*

## 어느 날처럼

낙엽 지는 오솔길 따라
은은한 풍경소리 엿들으며
즐겁지 않을 불행 지우려고
용광로에 쇳물 토하듯
가슴 움츠린 채

아련한 과거의 발상처럼
여유롭지 않을 터전에 땀을 거두고
한없이 만지작거리듯
솔잎의 정기 콧잔등으로 느끼며
향한 발자취는 멈추지 않는다.

*014*

## 나아갈 길 묵묵히

거칠어진 단어가 낱낱이 흩어져도
주눅 든 세인들이 뿔뿔이 떠나가도

걸러내지 않은 정신적 상처가 아물기도 전에
가슴 먹먹한 공간을 줄줄이 벗어나고자 할

처절한 몸짓이라 스스로 되새김 할지라도
동공의 빛바랜 흔적들을 떳떳이 수놓으며

과거의 꿈조차 낯설게 다가올 것처럼
심장이 멎듯 묵묵히 감성에 젖을 법도 하다.

*015*

## 미래로 가는 길

삶의 굴레에
비스듬히 누운
그들의 세상은
처연히 흐를지라도

현재를 옥죈 듯
느껴질 미래는
고뇌의 노래에 얹혀
쉽사리 멈춰질지는

사경 헤매듯
정신 차린 후에야
명암의 바람이
진실을 전하리라.

*016*

## 하루의 뜰

뙤약볕이 거리를 녹일 때쯤
고함 한번 칠 법 한데도
그냥 헝클어진 머릿결 휘날리며

비틀거리며 춤추는 나팔꽃처럼
가늘면서 길게 뻗친 꿈 흩트리며
목적지 향해 고독의 숨 몰아쉰다.

*017*

## 여명의 넋들

회심의 미소가
새벽녘 이슬에 젖을 때
선부른 인격이 쉼 없이 나열하며
돌이킬 수 없는 아픔을
도려내기라도 하듯

애환의 숲 속에
숨겨진 새들이 파닥이며
넋마저 송두리째 날려버린 이면에도
대뜸 꽃향기 소곤대며 여며올 것 같은
아침.

*018*

## 회심의 길

억세고 질긴 떡심이나
굳세고 버틴 뚝심이

활화산처럼 솟아나도
억장 무너지는 속삭임으로

나아 갈 삶의 방향조차
부질없이 스스로 무너지고 말면

진솔 어린 자연의 순리 따라
옹골차게 디딜 회심의 길이라도

평화에 깃든 전희의 꿈인들
냅다 꾸지 않아야 한다.

*019*

## 풍요로운 길

길을 걷고
있다는 것은

희망이 있다는
즐거운 걸음이기에

징검다리 건널 때
민물고기 노래하고

농로 따라 거닐 때
들꽃 춤추니

하늘 보면 새가 되고
땅 보면 바람이 된다.

*020*

## 어느 밤

고요의 뜰에서
돌담에 걸린 달 바라보며

뭔가에 휘둘린 듯
몸부림치는 강아지

하소연의 눈물도
사자후의 눈빛도 아닌

그리운 정취에 넋 잃고
닭 울 때까지 꼬리 치네.

2부

# 도약의 길목에서

*021*

## 도약의 길목에서

양떼 울음소리 서산으로 사라지니
붉은 원숭이들 동녘으로 달려오리.

다사다난의 뜻을 뒤안길에 녹이며
근하신년의 혼을 드높이 펼쳐보리.

영원불멸의 등불을 터전에 밝히고
미풍양속의 고운 노래를 열창하며

사색의 희로애락 심장에 다독거려
우리의 무릉도원 정성껏 보듬으리.

*022*

## 겨우내

가슴 부풀리며 다가오던
풀잎에 잠들었던 온순한 바람이
동장군의 벼슬 달고

흠모하던 산세의 흐름은
연무의 아릿한 춤사위에 취해
빙하의 미소로 되살아나

비단 빼어난 운치가 아니라
달관하듯 쭈뼛한 입술 사이로
설익은 거울 속의 풍경처럼

목화의 보드라운 전설 타고
여미듯 어름덩어리 녹이며
아무 일도 아닌 것처럼 웃는다.

*023*

## 외길 인생

보잘 것 없으나
흉물스럽지 않듯

품고 씻을수록
심장의 향기가 피어나고

드러낼 것 없으나
자랑스럽지 않듯

갈고 닦을수록
예술의 풍류는 영롱하다.

024

## 내려놓는 마음

귀에 거슬리는 말이라고 해서
무턱대고 항변하는 것보다는

눈에 들어오지 않는다고 해서
냉정하게 비난하는 것보다는

대안을 너그럽게 내놓지 않고
아집과 고집만 토악질한다면

연륜에 얽힌 세월도 무심하고
경륜에 쌓인 지혜도 허무로다.

*025*

# 꿈을 찾는 별들

감나무에 알밤이 열리듯
내비친 찬란한 달변이
망상인 줄 모른 채

몽니 부리는 인두겁이 참인 양
가로 등불 아래 눈 가리고 아웅하듯
자신의 허접을 감추려 해도

운 좋게 성공의 끄나풀에 엮여
세상의 모든 일들이 척척 풀린다 해도
하루살이 삶처럼 구역질 나고 말면

허송세월의 커다란 꿈이 있다 한들
벼랑 끝에 아우성치는 한 떨기 꽃이
불꽃처럼 소름 돋듯 빛날 순 없다.

*026*

## 만남 그 자체

오랫동안 머물러 달라는
정녕 그 말을 하지 못한 탓에
잰걸음으로 떠났다는 풍문 듣고

속병 감춘 채
하지 않는 것이 아니라 할 수 없었던 것처럼
붙잡아 달라는 그 한마디 왜 못했느냐는 이유보다

앓던 이 빠듯
만남은 만들어진 것이 아니라 만들어가는 것이기에
미련 없이 떠날 때 잡아주지 않아 행복했다는 변명이

세월이 지난 후
주름이 늘어나고, 백발 돼 휘날릴 때쯤에야
희로애락에 물들어진 풍경소리에 느낄지도 모른다.

*027*

## 미지의 꿈 따라

선인들의 발자취 따라
고뇌의 찌든 미소가 달갑잖아도
불행의 눈물은 괴지 않을 것이고

주름진 역사에 비친
잔잔한 고행의 흔적이 널브러져
희망의 웃음이 피지 않을지라도

세월에 찌들어가는
시간에 시들어가는
찰나에 물들어가는

그늘 아래 사랑 먹고 자란 이방인들이
크고 작은 천수답에 씨앗 뿌려
미지의 곳간에 풍요가 넘칠지도 모른다.

*028*
## 물 흐르듯이

아무도 보이지 않는
어디든 훔쳐볼 수
없는

파도에 가슴 찡한 바닷가나
새 소리에 머리가 맑아지는
숲 속에

이엉 덮은 초가나
기왓장 올린 한옥을
짓고

행복이 이런 것이며
희망이 저런 것이라고
느끼며 살고 싶다.

*029*

## 희생물의 의미들

감히 산 너머에 숨어 빛나는 보석을
정녕 알지도 못하면서 한마디 한 것이
기어이 부메랑 되어 돌아온 날

메말라버린 심장에 적실 생명수를
영혼처럼 맑은 거대한 향기라고
그렇게 에둘러 말한 것들이 내겐

뻥 뚫린 신경도 가늠하지 못하고
막연히 숨 쉴 공간조차도 찾아 헤맬 뿐
이유 없이 흘러가는 강물이었다는 사실을

맞장구치며 부대끼는 그들의 항변에도
몸부림치며 외면하는 나의 변명에도
마중물 같은 온정만큼 쉬 오지 않았다.

030

## 그냥 스치는 바람처럼

물과 불이 엉켜지고
풀과 꽃이 부대끼어

그들은 나름대로
색다른 세상 향해

하늘에 솜사탕 달고
땅에는 푸른 꿈 적시는데

무례하기 짝이 없다고
자연이 삿대질한다.

*031*

## 아픈 만큼 그리움들

등골 휘는
그럼에도 펼 수 있는 동작이라
쉽게 포기하지 않을
열정이 스며져 흐르기에

무너진 산마루에 나무들이 흐드러져도
꺼진 땅 무리에 돌들이 굴러들어도
산하에 영웅처럼 군림하던
그 흔적들이 깡그리 사라진다 해도

현재에서 미래로 가는 징검다리에 걸쳐진
억겁의 비밀스러운 과학의 기틀을 파헤치며
변하지 않길 바라는 인간의 번영을 찾아
우주의 은하처럼 켜켜이 물들고 있다.

*032*

## 열망의 뜰에서

가끔
잠 못 이룬 다음 날은
잿빛 같은 잔인한 공간이
사라지듯

어떤
고행으로 물든 그 후엔
불빛처럼 강렬한 시간이
찾아오듯

뜨거워지는 인류처럼
그 열망의 물빛 사랑을 위해
사뭇
녹아내릴 것 같다.

033

# 이웃끼리의 정

이른 새벽
세상의 생명을 위해
달콤한 둥지에서 벗어나
물꼬에 당도한 것까지는
신선한 바람에 온몸 녹이듯
상쾌한 기분이었으나

봄날 송홧가루 춤추는
오솔길 어귀에 앉아
어릿광대 같은 시큰둥한 표정으로
볼멘소리가 하늘을 찌르듯
당찬 걸음으로 다가선
임 향해

정다운 눈인사조차
인종 간 외면하더니
하늘과 땅이 내린 지혜를
속절없이 공염불해대며
가슴앓이에 넋 잃은 듯 항변하는
그 심한 독침을 감당할 수 없어

지난날
귀엽다고 얼굴 비벼주던 인정
예쁘다고 손 잡아주던 마음
남자답다고 엉덩이 만져주던 미소
장차 훌륭한 사람 되라고 안아주던 모습이 선해
조용히 논둑에 묻고 오는 길바닥이 촉촉했다.

*034*

## 살아가는 방식대로

어느 날
뽑아버린 걸림돌이

오늘 날
디딤돌로 태어나듯

쓰다 버린 종잇조각
하나에도

숱한 꽃봉오리처럼
향기 날 수도 있고

무심코
바윗덩어리에 버린 틈새에

그토록
빛바랜 흔적들이 새살 돋듯

묵묵한 산천의 기운은
늘 단꿈에 젖어 운다.

035

## 나의 꿈

치장으로 예쁘진 모습보다
있는 그대로의 느낌이 좋은 풍경들
한마디 명언이 주는 기쁨이 아니라
자연스럽게 나눌 수 있는 대화들

하잘것없는 인격체가 허물어져
영웅이 되어가는 세상보다
어지러운 장식품이 있는 그 자리에
책들이 꽂혀있는 분위기 같은

녹슬어가는 현실의 고통보다
순수 그 정열을 퍼부을 수 있는
닳아빠져도 아프지 않을
그 희열의 순간을 도도히 느낄 수 있는

삶의 노래를 온몸으로 주무르듯
외쳐대는 예민한 반응이 아니라
나 자신의 고귀한 숨소리를 고르며
살아갈 유일한 소망일지도 모른다.

*036*

## 넋 잃은 사회

빛바랜 찻잔에
숨결 소리 필쯤
적막한 그늘 아래
인기척 하나 들리지 않는 것처럼

아련한 희열이라는
이름으로 다가온
낯설지 않던 미지를 향해
오롯이 걸으며

차면 넘치고 쌓으면 넘어지는
미완의 지혜를 바탕으로
속절없이 허허롭고
부질없이 경이로운 세상과 함께

아무 일도 없었던 것처럼
찌든 앙금 저만치 밀치고
부덕의 냉가슴 두들기며
살아가는 나그네.

*037*

## 흐르는 물처럼

단맛 위해
설탕 넣듯

짠맛 위해
소금 넣듯

사랑 위해
지식 넣고

존경 위해
지혜 넣네.

*038*

## 눈방울의 사연

가슴으로 느꼈던
그 환경 속의 자막을 수놓고
마음으로 꿈꿨던
긴 여정 속의 풍류를 적시며

상그레한 웃음으로
미래로 갈 길목에서
느껴지는 계절 따라
옛정 같은 분위기에 휩싸여

전희의 시간 속으로 빠져들듯
홀로 걷는 망중한의 숲을 지나
산 너머, 강 건너
감성에 사무쳐 흐르는 고독이

이따금씩 시련을 견디다 못해
숱한 몸부림이 일어나도
역사가 깃든 광야의 발자취는
쉬이 멈출 수 없을 것 같다.

*039*

## 작지만 힘이 있는 인생

나아갈 길목이
막히면 뚫고, 끊기면 잇듯

못 오를 나무라
그냥 밑에서 넋두리할 것이 아니라

닿을 수 없는 열매라
마냥 누워서 군침 흘리며 푸념하는 것보다

자신의 몫 속에 감동적으로 일어나는
신의 훈수가 잠재되어 있기에

요람에서 건진 고귀한 밥숟갈이
행복의 숨결로 녹록히 젖어든다.

*040*

## 과거의 그 미소

그리움이 실타래처럼 엉켜
범람하는 강물에 풀어놓고

미처 꿈꾸지 못한 추억 찾아
지나간 발자취를 되새기며

쌓여 굳어버린 옛터에 앉아
서로 한 눈 감아 구슬치기하던

손조차 어둠에 가려 보이지 않을 때까지
울고 웃던 모습들이 모질게 흐른다.

3부

# 함께하는 일들

*041*

## 함께하는 일들

부푼 꿈은
분명 이룰 수 있음이라고 한다.
그 힘은 가늠할 수 없다 해도
저마다 빛바랜 꿈처럼
찬란한 여명의 길처럼
오늘의 버팀이 내일의 초석 되듯
널브러진 예술의 번영과 함께
주변인들의 속삭임에 고막이 멍들어도
번영의 씨앗은 깊숙이 심길 원한다.

042

# 홀로의 변

무심히 지나온 걸음 되뇌며
창작의 길이 콩밭같이 들쑥날쑥해도
답답한 가슴 씻을 샘물 같은 믿음도 있기에

홀연히 아무런 의미를 부여하지 않는 것처럼
외로운 심정으로 뚜벅뚜벅 걷길 희망하며
미친 듯 세월을 빗질하며 긁적이는 마음으로

이런 길이 흡족하듯 기쁠 수도 있고
고요 속에 펼쳐질 난해한 뚝심이 유연해지듯
훗날 뜻 모를 명분도 묻힐 수 있으나

아픔의 계곡으로 알알이 비춰줄 색감처럼
자연의 무딘 감동에 젖은 솔잎의 미소 마냥
그런 식견이 존재감으로 피어나길 원한다.

*043*
## 인연끼리

닫힌 창가에 앉은 것보다
열린 마당에 부는 바람처럼

머물다 스친 자연인이나
거닐다 만난 예술인과 함께

단점을 고쳐주고
장점을 나누면서

귓속말에도 진솔함이 묻어나는
인연끼리 쉴 숲 만들고 싶다.

*044*

## 군자의 변

늘어나는 것만큼
태풍의 눈이 커지고

더불어 가는 것만큼
요동치는 보람 또한 넓다.

자신을 대열에 얹힐 수 있어도
그 무리를 묶어 나를 만들 수 없듯

공동운명체에서 내가 될 때
거대한 바위는 산산조각이 나며

진땀 쏟아 헌신해도 미꾸라지가 될 바엔
차라리 우물 안의 개구리가 되라.

*045*

## 퇴고推敲 후

발자국 따라 실핏줄 닿듯
숱한 순간의 흔적들이 모여

깜빡이는 우주의 별 바라보듯
즉흥의 음과 흥분의 혼이 섞여

여명에 물든 꿈처럼
뿌려놓은 옥석의 빛들이 엉켜

오행의 땀샘이 건널목을 적신 후
염원의 가치가 완성될 무렵이면

억압된 긴장이 무지갯빛 되어
세상의 무게를 내려놓고

또 다른 하나의 생명체가
지구의 표면에 나뭇잎으로 거듭난다.

*046*

## 직업의 의미

산고의 땀방울 쏟고 나면
그 애틋한 사랑의 미소가 피어

심금이 오고 가는 길목마다
황금의 전율이 여미어 온다.

숨결에 엉켜지고
태동하는 생명의 기쁨이 불거져

때론 고도의 가치에 다다르지 못해
하던 짓 멈추어 버릴지라도

티끌이 쌓여 태산이 되고
시든 열매가 생기 돈을 때까지

노동이 줄 보람된 전통의 혼을
풍요롭게 완성시키는 일이다.

*047*

# 서정의 눈물

서재에 두서없이 꽂힌 책들 중
읽다 덮어 둔 책갈피를 펴고
독서삼매경에 빠지다 보면

백지장에 박힌 활자의 숨결이
의도하는 고저장단의 음양에 따라
숨긴 보석 들추듯 배시시 웃는다.

더 생각하고 더 바라는 마음으로
숭고한 인내에 엉킨 피와 땀으로
하나씩 토해놓은 원고지의 맥박처럼

비단 너와 내가 아닌
진일보 너머 표현의 허허로운 땅에
한 그루 나무를 정성껏 심듯이

메말라가는 속세에 향기 바라는 심정으로
쉼 없이 지혜를 염원하는 여로 앞에서
회한에 찬 감성이 콧잔등 타고 흘러내린다.

*048*

## 외톨이

홀로
살아간다는 것은
즐겁게 노래해도 흥이 나지 않으며
흥겹게 춤춰도 신나는 게 아니듯이

늘
황야의 바람결에 떠는 잡초처럼
힘겹게 자맥질하는 민물고기와 같다.
한 잔의 술도 벗이 있어야 맛이 나듯
원수라도 함께해야 세상 이야기가 섞듯

더불어
주고받는 정을 전하는 일이
곧 삶의 질이다.

단
여행은 외톨이가 좋다.

*049*

## 떠가는 구름처럼

함께 번영을 누릴 님을
쫓아야 할 힘이 없다는 이유로
열정마저 허물어 버린 채
마중조차 할 수 없다는 것은

작은 동그라미 안에 우주를 넣을
여명의 빛조차 그릴 수 없기에
온몸으로 세상을 품어본들
배웅만이 있을 뿐이라는 것은

한낱
허공에 뜬 뭉게구름만이
지상낙원의 기쁨을 전해주듯
오늘도 황혼 바다로 물들이고 있다.

*050*

## 걸어갈 길

뒤돌아봐도 부끄럼 없다는
진리의 발판 위에 즐거움 부풀리며
부족함 채워줄 힘이 펼쳐져 있다는

설령 실망과 망언으로 마음이 멍들고
쓸어내리는 아픔이 심장을 후빌지라도
늘 녹이거나 긁어낼 너그러움이 있기에

불 지핀 희망의 깃발이 즐거운 것처럼
지혜로운 신뢰의 바탕 위에 소신을 얹고
운명처럼 걸어갈 인간의 몫이다.

*051*

## 참으로

만나면 좋고
만나지 못하면 아쉽다는
그 삶은 미련이라

떠나면 싫고
떠나지 않으면 괴롭다는
그 꿈은 아픔이라

기분에 차거나
들지 않는 심성을
그렇다고 버릴 순 없다.

*052*

## 만남

드디어
약속의 날이 오고
글과 글이 마주했던
문우의 손 잡으니
벅찬 가슴에 흐르는
서정의 물결이 곱다.

궁금하던 얼굴마다
오래된 친구처럼
글 밭에 뭉쳐진
문학의 미래를 향해
창작의 노래가
끝없이 퍼져만 간다.

*053*

# 아픈 만큼

무거운 몸짓에도 기쁜 듯
세상 향해 걸어가는
그들의 모습 속에
쉴 틈 없이
숨 고르는 소리가 힘겹다.

힘차게 걸어도 나쁘지 않다는
인내의 정도에 버금갈수록
웅어리진 부위를 주무르듯
아픈 만큼
고통을 덜어내는 일이다.

*054*

## 희망은 찾는 거라는

뭔가 찾아 헤매야 할 필연을 안고
땀의 대가를 느낄 수만 있다면
희망에 찬 지혜의 발판이라 믿으며
여정의 시간 속으로 뒹굴다 보면

눈에 들어오는 풍경이 시상詩想이요.
귀에 스며드는 소리가 시음詩音이요.
코에 파고드는 내음이 시향詩香이듯

시간적 여유에 세상을 품을 수 있다는
여가선용에 인생을 돌아볼 기회라면
알알이 스친 소담스러운 기억들이 내겐
꿈이 아닌 작은 밀알 하나 줍는 일이다.

*055*

## 단비야

가뭄으로 허덕이다 지쳐
거북 등 돼 버린 그곳에
아우성치며 황토물 흐르는 날

홍분 삭힐 선술집으로 달려가고 싶지만
행여 물꼬가 휜 탓에 범람하지 않을까
우의도 없이 분주한 농부의 발걸음들

설령 논밭 뙈기가 유실된다 해도
험상궂은 미소로 찾아오는 그를 마중하는
한없이 설렌 가슴으로

사정없이 잠들어가는 나무들을 깨우고
볼 것 없이 시들어가는 풀잎들의 기상을 위해
뼛속까지 쉼 없이 전율이 스며든다.

*056*

## 소낙비

천둥소리에 구름 춤추고
번갯불에 노래 시작될
메마른 들녘

콩닥거리는 심장 속으로
찬란한 공연 담기 위해
맨발로 마당으로 나갔으나

요란할 뿐
그 님은
진정 오지 않았다.

*057*

## 행복의 늪

늪
이맘때면
즐겁다.

애타는 노래가 득실거리고
멈춘 춤이 활기를 더해
그리움이 살아 숨 쉬는 한

귓가에
그 무엇의
음률보다도

힘찬 지혜의 꿈틀거림이 있고
볏짚으로 버려진 애물단지에도
윤택한 삶만은 변함없기 때문이다.

*058*

## 겨울다운 세상

살갗 문드러지듯 에일 때
안방 아랫목에서 먹던
군고구마가 생각나고

서리 내리듯 노면이 찰쯤
걷다 미끄러진 기억에
꿰맨 흔적이 떠오르니

험난한 길 조심조심
굽이쳐도 엎어지지 말아야지
따뜻한 심정으로 주의하며

겨우내 난로 같은 인심 지펴
차디찬 아픔들 두루두루
녹여주는 온실이길 빌 뿐.

*059*

## 문틈으로 보이는 세상

숲 속이나
기왓장 밑에
둥지 틀고

바람 소리
물소리 벗하며
살아가는

새들의
날갯짓이
평화롭다.

고요의 미소처럼
사랑의 물결처럼
애정의 향기처럼.

*060*

## 그 꽃

웃어도 웃음꽃이 피지 않고
울어도 울음꽃이 보이지 않는 것은

휘어지고 구부러진 꽃 대롱에
억센 바람이 스쳐도 그 기백은 늠름한데

돌이켜 본 그 상상의 언덕에 널브러진
궤변의 너털거리는 하품만 쏟아질 뿐

아무도 그 자리를 위해
향기를 토해주지 않는다.

4부

# 운명의 장난

*061*

## 운명의 장난

변절 되어 가는 세상이라고
뭉게구름처럼 떨쳐버린다면
그 마음은 오만이요

볼멘소리에 비정함이 싹트고
꼴불견에 앙칼진 원한이 사무친다면
그 생각은 불행이다.

날로 번창할 정다운 풍토마저 무너지고
뭉클한 가슴마다 사나운 응어리만 커져
은하처럼 외로운 욕망으로 반짝인다면

만 가지 길흉 안고 걷는 이 길이
살아온 역사의 운명을 간직한 발자취요
살아갈 미지의 숙명을 감당할 몫이다.

*062*
## 주고받는 인생사

검거나 푸른 실개천에
상상외의 꽃이 활짝 피어
불안한 가슴앓이에도 평화가 깃들면

헐고 부어오른 몸집에
에일 것 같은 통증보다
골칫덩어리 하나 사그라질 기분이라면

가슴에 응어리진 과거의 시련 벗고
드러난 고된 상처를 위해서라도
마음의 병 씻어내고 볼 일이다.

*063*

# 솔방울

어느 날 실바람에 녹초 된 숲 속에
아직 다 이루지 못한 그리움 남았는지

하늬바람에도 박힌 암석 따윈 꿈쩍도 않지만
열망의 도가니에 춤출 법도 한데

외로움의 표출인양 거꾸로 매달린 채
마냥 흔들리며 흐느끼는 예전의 몸짓과는 달리

웃으며 삭힐 만큼의 함정에 빠진 것처럼
오직 아침이라는 이유로 그렇게 떨고 있는

너의
몸짓.

*064*

# 살아가는 모습들

해묵은 진리는
저만치 사라지는 게 아니라
더 진한 맛으로 미래를 인도하고

때늦은 논리는
가까이 다가오는 게 아니라
더 얕은 향으로 과거로 돌아가니

경이로운 운신의 폭을 떠나
자유로운 지혜의 눈빛으로
여울지듯 살아가는 것이 인생이다.

*065*

## 자연의 빛

시가 안 보인다는 것은
구절이 깊게 고여 숙성된 것이 아니라
바람에 흩어진 모래알처럼 난잡하고

뜻이 와 닿지 않는 것은
문장이 넓게 펴져 함축된 것이 아니라
문풍에 끼인 가랑잎처럼 허접하니

요동치는 혜안의 꿈이 허물어지고
작은 등불이 밀알의 정 밝힐 수 없어도
공허함에 젖은 보석은 빛날지도 모른다.

*066*

## 타는 연정戀情

산과 산 사이
빛바랜 정 메말라
낙엽마저 떠나간 자리

선부른 이별 악수에
불현듯 감격 눈물이 흘러
목마른 생명이 춤춘다.

*067*

## 여명의 길목에서

차가운 공간이라 물러날 수 있다면
그 시간 이후의 꿈들이 내겐

포근한 세상이라 나아갈 수 있다면
그 행위 이전의 삶들이 내겐

미생물 같은 꿈틀거림이 넌지시 시작되고
희망의 빛처럼 가슴으로 살포시 여며올 때

비아냥거리듯 속세를 물들인다 해도
미지를 이어 갈 맥박만은 멈출 수 없다.

*068*

## 아리송한 삶들

인형 같은 고양이라 할지라도
막다른 골목에서 죽이듯 덤벼든다면
자못 역린을 건드린 후의 결과물처럼

군자 같은 사람이라 할지라도
자신의 약점을 들추듯 비아냥거린다면
정녕 억장을 부풀린 뒤의 사자후처럼

더하여 심장이 농토처럼 갈라지는 한보다
덜하여 마음이 들녘처럼 평화로운 것이
진정 행복이라고 풀숲의 새가 속삭인다.

*069*

## 덤

사랑하면서
쾌락의 사회가 존재한다 해도
진실에 깃든 혼이 허물어지면
희망에 찬 미래는 비웃음이요

존경하면서
기쁨의 세계가 밀려온다 해도
허욕에 물든 꿈이 존재한다면
감동에 찬 과거는 헛발질이다.

*070*

## 태양의 숨결

여정의 끝자락
서녘 하늘에 당도한 너는
피로연도 없이 황홀경에 물든
널따란 병풍을 드리우고
잠자리에 들었구나.

크고 작은 침실 등이
저마다 오색 빛 골고루 토하며
은하의 물결에 휩쓸려도
우주의 등대가 되리라
지구의 가로등이 되리라 다짐하며

수많은 혜성의 뜨거운 유혹조차
미련 없이 저만치 묻어두고
아무 사연도 없었다는 듯
장막 안의 평온한 세월 안고
새벽 동틀 때까지 단잠에 빠졌구나.

*071*

## 안고 싶은 삶

생은 누구나
별 탈 없이 즐겁게 살고 싶지만
괜히 하찮은 일임에도 불쾌의 눈빛이 탄다.

산으로 오르는데
올라간들 그 길 다시 내려오지 않느냐는 말에
천사처럼 스치던 나무들도 시위 떠난 화살 되고

강으로 나가는데
씻은들 그 육신 깨끗해지겠느냐는 말에
보석처럼 빛나던 조약돌도 솟아오른 로켓 되니

우리의 생은
서로의 각보다 원 그릴 날 있을 거라는 이유로
울고 웃는 꽃동산에 앉아 세월을 삼킬지도 모른다.

*072*

## 속마음의 여운

긍정의 넓이만큼
정성이 담긴다는 것은
아름다운 꽃이 얹혀
비단이 유난히 빛나거나

부정의 깊이만큼
시련이 묻힌다는 것은
험상궂은 독이 퍼져
서리가 어설피 멍든다면

정답게 피는 꽃이나
무섭게 솟는 독이나
필요의 연정처럼 엉킬 수 있다면
버린 잡초에도 향기가 날 법하다.

*073*

## 새들의 사연

늘 자유롭게 유영하던
옛터 같은 창공 벗어나

함께한 인연 멀리 두고
외로운 날갯짓으로

천지가 변해가는
세월의 언덕 너머

정겨운 숲에 돌아와
한없이 그리움 쪼아댄다.

074

## 그냥 날지 않는다

힘차게 나는 새라도
금도를 벗어나 제멋대로의 행로 따라
미친 듯 파닥거리지 않음은 물론

역사의 진딧물이 흐르던
그 상공을 지나갈 때도
먹구름에 숨어 울거나 웃을 순 있어도

세상에 일그러진 영웅을 바라는 것도
사회에 해박한 지혜를 찾는 것도 아닌
나락으로 떨어진 현실을 가슴에 새기며

속 빈 채 포장된 사회의 허상을 담아
검정 되지 않는 이름 없는 상표 달고 사는
생활 그 모습들을 영롱히 내려다볼 뿐이다.

075

# 걷던 길 멈추지 않는다면

동트는 시간에 배고픔 밀려올 때
넓혀야 할 운신의 폭이 나약하리만큼 좁을 때
걷잡을 수 없는 즉흥적 화살을 무심코 쏟아 부을 때
너는 무엇을 할까

석양이 무르익는 찰나 하던 일 다 하지 못할 때
쌓아야 할 초석의 땅이 숨통 막힐 만큼 낮을 때
헤아릴 수 없는 돌발적 언어를 진정 토해버릴 때
나는 어떻게 할까

하소연이 쉽게 터질 듯 가슴으로 닥칠지라도
닦달거리는 화음에도 감히 대응하지 못한다면
어리석은 자의 허튼소리에 세상은 멍들 뿐이다.
너와 난.

076

# 영덕고속도로

높은 산에 터널 뚫고
깊은 강에 다리 놓아
끝없이 펼쳐놓은 삶의 대로

낯선 곳 찾아 견문 쌓고
정든 땅 돌며 풍류 익혀
한없이 이어놓은 꿈의 행렬

해안과 내륙의 연결고리에
꽉 막힌 두메산골 빗장 풀고
탁 트인 방방곡곡 넘나들며

숨 막히는 겨레의 향기 따라
덧없이 뻗은 삶의 여정 향해
시원하게 달릴 비단길.

*077*

## 좌절은 희망을 낳고

흐를수록
두드러지고
버틸수록
빠져드는 미로

지친 몸
바람에 휘청거리며
어느 나무 숲 고을에
행복의 집 지을

웃되 표정 없이
살아갈
이상의 세계를
녹록히 찾는 일이다.

*078*

# 파고드는 꿈들

꽃은 숨겨놓아도
풍겨올 향기는 막을 수 없듯
숨김없이 삶을 누려야 하고

숨은 쉬지 않으면
봇물처럼 밀려오는 꿈도 허상이듯
밀알의 소통도 정을 나눠야 하니

헛되지 않을 가슴의 멍에도
소용돌이에 얼룩진 인격을 닦아
작은 소망에 살짝 웃는 일이다.

*079*
## 달력 한 장

태양은
늘 그 자리에 앉아
행성의 등불이 되어 빛날 뿐인데

사람들은
공전하는 지구 상에 서성이며
거대한 우주 공간 품어 안고

연시 해맞이 마중하며 동해에 서서 웃고
연말 해넘이 배웅으로 서해에 앉아 울다
환희와 희열이 솟는 축제장에서 춤추며

이십사절기의 분위기에 젖어
나이테 숨결과 인생 꽃이 피고 지는
여명과 희망이 돋는 운동장에서 노래한다.

*080*

## 산천을 살린 장마

푸른 물이 유유히
흐르던 그곳엔

여기저기 빛나던 조약돌이
풀숲에 숨은 지 오래된 듯

바닥까지 드러내어
마지막 거품을 토악질하며

천지간에 머물던
인연의 끈 놓듯

찬란했던 기억들을
마른 나뭇가지에 걸던 찰나

노기 띤 하늘이
검은 띠 두르고

목 놓아
울기 시작한다.

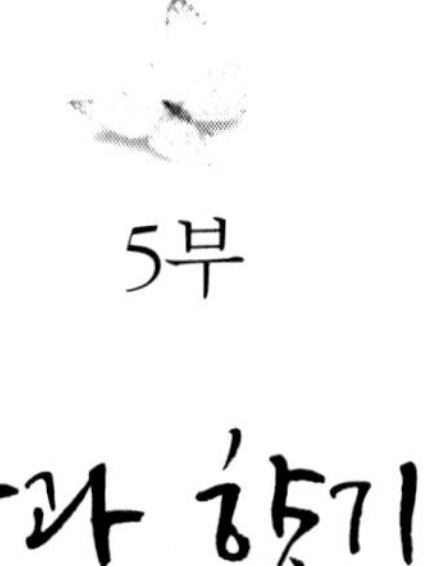

5부

# 맛과 향기

*081*

# 맛과 향기

푸른 잎에는
빛과 빗물이 맺히듯

붉은 꽃에는
벌과 나비들이

색동 옷 두르고
천 년 사랑 찾아

생명의 정 나누며
산천의 숲 살찌운다.

082

## 아픈 만큼 성숙할지는

연거푸 속울음 삼킨 만큼
낮춘 진리의 모습처럼

정성껏 속마음 앓는 만큼
높은 지혜의 행위처럼

알알이 흩어진 정 다듬으며
층층이 묻어난 꿈 빚어내는

소용돌이에 길들어진 뒤안길엔
작금도 눈물이 마를 날 없다.

*088*

## 환경이 사람을 지배하듯

어느 실개천은
무슨 일이 일어난 것도 모른 채
여기저기 각진 모퉁이마다

찌든 흉물 드러내어
허허롭게 웃기도 하고

숨길 것 없이
여러 잡초들 자랑하듯 펼쳐놓고
등 돌리고 코 막던 시늉이라도 하듯

홍미로운 꿈길조차 허물어지고
목축일 냉수 한 잔 정도 남았다.

*084*
## 만족하는 삶이 아름답다

허구의 작품을 토한다는 것은
진리를 밝힌 빛바랜 허상이 아니라
생채기 짜낸 물의 색이며

진실의 예술을 먹고 사는 것은
가식을 감춘 오지랖 공상이 아니라
자맥질 향한 꿈의 빛이라

터전의 행복을 품는다는 것은
성공을 위한 대들보 위상이 아니라
땀방울 적신 삶의 길이다.

085
## 몰래 피는 꽃

피긴 피되
지진 않고

지긴 지되
피어 있듯

오는 세상
가는 인생

홍망 따라
울고 웃네.

*086*

## 헛꿈

허례허식에 빠진 그는
예절의 기쁨도 아는 양
사자후 토하고

호의호식에 맴돈 그는
굶주림의 아픔도 느낀 양
볼멘소리 억세니

아는 만큼
성숙한다는
그 믿음보다는

껍데기가 빛나면
뭉그러진 심장에도
열매가 영근다고 한다.

*087*

## 자연의 소리

소름 돋는 행위보다는
정감 어린 몸짓으로 다가온다면

밝고 신선한 옷깃이라
흔들지 않아도 춤사위 같고

맑고 깨끗한 음성이라
노래하지 않아도 국악인 닮듯

마음의 길 따라 뒷짐 지고 걸으며
삶의 여유를 수놓을 줄 아는

탈 벗어 버린
작금의 참신한 모습이야말로

꿈 밟지 않는 진정한 눈빛이라고
되레 말한다.

*088*

## 여정의 시간들

나무 그늘에 앉아 쉴 시간도
주막에 얹힌 술잔 들 틈바구니도
비껴갈 바쁜 몸이기에

세상 근심 잠시나마 묻어버리고
찰나의 기대도 저만치 접어 둔 채
떠나 볼 기쁜 길이기에

낮에는 새로운 풍경 보며 즐기다가
밤에는 정다운 불빛 거리 노닐다가
현란하던 공간들이 모두 지쳐 잠들면

어느 조그마한 골방에 여장 풀어
찬란한 인생 이야기 쪽지에 담아 놓고
동창 밝을 때까지 술잔에 정 담는다.

*089*

## 허수아비의 눈물

밤과 낮을
불문 하고

풍년 향해
온몸 던진

그들 눈물
먹고 자란

푸른 생명
황금 들녘.

090
# 미래의 길에서

고뇌에 스며들던
그리운 노랫소리

세상사 춘하추동
인생사 희로애락

행운의 꿈결마다
생명수 자아내며

미래로 흘러가는
찬연한 풍물놀이.

*091*

## 그리운 추억의 미소들

벗과 함께
비운 술잔에

우정 섞던
그 순간들이

간밤
골방에 앉아

독주 든 내게
얼굴 내민다.

092

## 차마 헤아리지 못할 세상

부드러운 듯
서슬 퍼런 칼도
푸른 듯 빛바랜 새싹도
아닌 것이

허문 세상 녹이듯
무딘 세월 가르듯
아픈 인생 달래듯
고뇌에 찬 숨소리 북돋우며

부끄럽지 않은 당당한 모습으로
먹구름 낀 산봉우리가
하늘 향해 사자후에 목멜지라도
멍한 헛발질에 심장만 뛸 순 없다.

*093*

## 미래로 가는 길

내려놓는다는
그 진리에 하늘이 높고

비워버린다는
그 지혜에 땅이 넓듯

행여 뜻한바 없는 고행이
가슴 부푼 꿈에 희석될지라도

높고 넓은 세상과 더불어
덧없는 삶의 길 열어 갈 뿐.

094
## 허물어진 틈에도 꽃피고

세상이 어지럽다면
충분히 즐기며 마주한 삶도
아프게 칠 가슴도 흉물스럽고

인생이 징그럽다면
다정히 웃으며 맞잡은 정도
지겹게 와 닿아도 고통스러운

저 얼치기 표정들 묻어버리고
이런 그런 느낌들 토닥거리며
꽃이 피고 지고 있다는

감성에 찬 길목 따라
삶에 찌든 진지한 향기들이
각박한 심장으로 여미어 온다.

*095*

## 뜬 정

하기 싫은 일은
시간이 지나고
계절이 변해도
가까이에서 맴돌 뿐

하고 싶은 꿈은
지구가 돌고
우주의 별이 빛나도
먼발치에서 머물 뿐

뼈아픈 절망은
앞길로 찾아오고
꽃다운 희망은
뒷길로 사라지듯

미래로 가는
질곡의 발자취라도
행복의 땀 쏟는다면
번영의 길은 아름답다.

096

## 가끔 하늘 보면

소리 없이 스쳐가는
미소 같은 행운들

흔적 없이 묻어가는
구름 같은 생명들

더 토할 수 없을 만큼
공동체의 기쁨을 위해

한 밤의 풍경소리에도
은하의 숲은 행복을 낳는다.

*097*
## 이루어 가는 길

한 그루씩
정성껏 심을 거라면
응어리진 짐을 내려야 한다.

저 예쁜 풍경을 위해서는
욕심에 불거지거나
허영에 속살 드러내면

애써 감내하며 버틴
내공의 은은한 향기들이
자연의 미를 보챌 수 없다.

098

# 웅크리던 새

울창한 나뭇가지에 앉았다.
파닥이며 솟아오른 새떼

고된 삶의 표현인 것처럼
뭉게구름 사이로 배회하더니

허기진 배 날개로 덮고
차디찬 겨울나던 옛 생각에

창공의 기백에 찬 부리로
연거푸 눈물을 쪼아댄다.

099

## 그 날 이후

어느 날 헤살부리며 다가온
때때로 혼란스러운 그는

누군가 살벌한 눈빛으로
소곤대듯 미소 보낸 이후로

들녘에 농무의 땀 쏟을 때
해님처럼 뜨거운 가슴으로 도와주고

서재에 원고의 정 쌓을 때
달님처럼 그리운 심정으로 달래주네.

*100*

## 거울 보기

어느 입술 사이로 불쑥 내미는
정다운 대화에 오타가 쏟아질 때

여러 군중 틈새에 터져 나오는
살가운 연설에 실수가 남발할 때

잔솔가지에 앉아 침묵하던 새들이
예의 바른 노래에 산천을 울리더니

변해가는 인간 세계를 유영하며
세월의 언덕에 가려운 삶 비빈다.